In memoriam Ralf Fletemeier
1959 - 2022

Mary Wollstonecraft Shelley

Außergewöhnliche Begebenheiten

Kurzgeschichten

**Aus dem Englischen übersetzt
von Ralf Fletemeier**

Bibliografische Information der Deutschen Nationalbibliothek: Die Deutsche Nationalbibliothek verzeichnet diese Publikation in der Deutschen Nationalbibliografie; detaillierte bibliografische Daten sind im Internet über dnb.dnb.de abrufbar.

Impressum

© 2023 Wolfgang A. Gogolin, Hamburg (Herausgeber)
© 2004 Ralf Fletemeier (Übersetzung)

Herstellung und Verlag: BoD – Books on Demand, Norderstedt
ISBN: 9783757818609

Covergestaltung: Christl & Wolfgang A. Gogolin, unter Verwendung einer Grafik von pixabay / Hansuan Fabregas

Inhalt

Über Geister

Ich suche Geister - aber keine kreuzen
Ihren Weg mit mir; es wird zu Unrecht gesagt
Das dort jemals war Verkehr
Zwischen den Lebenden und den Toten.
Wordsworth[1]

Was für eine andere Erde bewohnen wir als die, auf der unsere Ahnen weilten! Die vorsintflutliche Welt, über die Mammuts schritten, die vom Megatherium[2] gejagt wurden, und vom Nachwuchs der Söhne Gottes bevölkert wurde, gleicht eher der Welt von Homer, Herodot und Platon als den eingehegten Kornfeldern und vermessenen Hügeln der Gegenwart. Der Globus wurde damals von einer Wand umschlossen, die in den Häuptern der Menschen verblasste, während ihre gefiederten Gedanken über diese Grenze aufstiegen; sie hatte einen Rand, und in die Tiefe hinabgreifend, über der sie hing, tauchte die adlergeflügelte Phantasie der Menschen in sie hinein, flog zurück und brachte fremdartige Geschichten zu ihren gläubigen Zuhörern nach Hause: Tiefe Höhlen beherbergten

---

[1] William Wordsworth (1770-1850), „The Afflicition of Margaret" (1807), II., 57-60.

[2] Ausgestorbener Pflanzenfresser aus der Familie der Riesenfaultiere.

Riesen, wolkengroße Vögel warfen ihre Schatten auf die Ebenen, während weit draußen auf See die Inseln des Glücks[3] lagen, die märchenhaften Paradiese von Atlantis oder El Dorado, die vor unglaublichen Juwelen funkelten. Wo sind sie jetzt? Die glücklichen Inseln haben die Herrlichkeit verloren, die einst einen Heiligenschein um sie herum verbreitete; wer erachtet sich dem goldenen Zeitalter näher, nur weil er die Kanaren bei seiner Reise nach Indien streift? Unser einziges Rätsel ist der Ursprung des Niger,[4] das Innere von Neu Holland[5] ist unsere einzige *terra incognita*, und unsere einziges *mare incognitum* ist die Nordwestpassage.[6] Aber dies sind zahme Wunder, Löwen an der Leine; niemand stattet einen Mungo Park[7] oder den Kapitän der Hecla[8] mit göttlichen Attributen aus; niemand bildet sich ein, dass die Wasser eines unbekannten Flusses aus den Brunnen der Hölle sprudeln; weder wird angenommen, dass

---

[3] Fortunate Isles: alter Name für die Kanarischen Inseln.

[4] Die Quelle des Niger wurde erst 1885 entdeckt.

[5] Früherer Name für Australien.

[6] Die Nordwestpassage wurde erstmals 1903/1905 von dem norwegischen Entdecker Roald Amundsen durchfahren.

[7] Mungo Park (1771-1806), berühmter schottischer Forscher; er war der erste Europäer, der den oberen Niger gesehen und beschrieben hatte.

[8] Kommandant der *Hecla* auf zwei Expeditionen zur Auffindung der Nordwestpassage war William Parry (1790-1855).

8

eine fremde und unheimliche Kraft einen Eisberg steuert, noch fabulieren wir, dass ein streunender Taschendieb aus der Botany Bay[9] die Gärten der Hesperiden[10] am Fuße der Blauen Berge[11] gefunden hat. Was hat uns aufhören lassen zu träumen? Die Wolken sind nicht mehr die Wagenknechte der Sonne, die nicht länger ihre glühende Braue ins Bad der Thetis[12] taucht; der Regenbogen hat aufgehört, der Bote der Götter zu sein, und der Donner ist nicht länger ihre schreckliche Stimme, die Menschen vor dem warnend, was kommen wird. Wir haben die Sonne gewogen und gemessen, aber nicht verstanden; wir haben nur die Anhäufung von Planeten, die Ansammlung von Sternen und die noch von den Fesseln des Verstehens freien Winde - dies ist die Liste unserer Unkenntnis.

Noch ist das Reich der Phantasie weniger an seine eigenen, ihm angemessenen Schöpfungen gebunden als an jene, die ihm von den armen blinden Augen unserer Vorfahren geschenkt wurden. Was ist aus den Zauberinnen mit ihren Palästen aus Kristall und Verliesen von fühlbarer Dunkelheit geworden? Was

---

[9] Botany Bay, eine Bucht an der Küste Australiens, fünf Meilen südlich von Sydney; hier landeten 1788 die ersten Sträflinge.

[10] Griechischer Mythos: Ort im entfernten Westen; hier bewachten die Hesperiden, drei Schwestern, die goldenen Äpfel, die Hera von Zeus als Hochzeitsgeschenk erhielt.

[11] Die australischen Blue Mountains, ein Gebiet fünfzig Meilen westlich von Sydney.

[12] Thetis, eine Nereide (Meeresgöttin), Mutter von Achilles.

aus den Feen und ihren Zauberstäben? Was aus den Hexen und ihren Hausgeistern? Und zu guter letzt, was aus den Geistern mit winkenden Händen und flüchtigen Formen, die das tapfere Herz des Soldaten bezwangen und den Mörder dazu brachten, dem erstaunten Mittag die verborgene Arbeit der Mitternachtsstunde zu enthüllen? Dies waren Realitäten für unsere Vorväter, in einem weiseren Zeitalter, die -

>Spurlos zerrieben sind
>Zu staubigem Nichts.[13]

Doch ist es wahr, dass wir nicht an Geister glauben? Es war früher üblich, einige überlieferte Geschichten zu wiederholen, deren Autorität genügte, um unsere Gewissheit ins Wanken zu bringen, auch wenn wir sie einem Ort zuwiesen, wo es „ist, als ob es nie gewesen wäre". Aber das ist aus der Mode gekommen. Brutus' Traum[14] ist eine Täuschung seines überhitzten Gehirns; Lord Lyttletons Vision[15] wird Betrug genannt; und einer

---

[13] William Shakespeare (1564-1616), „Troilus und Cressida" (1603), III. Akt, 2. Szene, 188-189.

[14] William Shakespeare, „Julius Caesar" (1600), IV. Akt, 3. Szene, 275-290: Brutus wird von Caesars Geist besucht.

[15] Thomas Lyttleton, zweiter Baron of Lyttleton (1744-1779); ihm wurde sein Tod prophezeit drei Tage vor dem Ereignis.

nach dem anderen wurden diese Einwohner von verlassenen Häusern, Lichtungen im Mondlicht, nebligen Berggipfeln und mitternächtlichen Kirchhöfen aus ihren uralten Sitzen hinausgeworfen, und wir fühlen nur noch geringe Erregung, wenn die tote Majestät von Dänemark die Wangen seines philosophierenden Sohnes erbleichen lässt und seinen Verstand verwirrt.[16]

Aber glaubt keiner von uns an Geister? Wenn dieser Satz zur Mittagszeit gelesen wird, wenn –

Jede kleine Ecke, jeder kleiner Winkel und jedes kleine Loch
Ist durchdrungen mit dem unverschämten Licht[17]

- zu einer solchen Zeit besetzt Spott die Züge des Lesers. Aber lassen Sie ihn um zwölf Uhr nachts in einem einsamen Haus sein; ich schwöre Ihnen, wenn er in sich aufnimmt die Geschichte über die blutende Nonne;[18] oder von der Statue, der der Bräutigam den Trauring gab, und die im Dunkel der Nacht kam, um Anspruch auf ihn zu erheben, groß

---

[16] William Shakespeare, „Hamlet" (1601), I. Akt, 4.-5. Szene: Hamlet, Prinz von Dänemark, begegnet dem Geist seines Vaters.

[17] P. B. Shelley (1792-1822), „The Cenci" (1819), II., 1., 179-180.

[18] Matthew Gregory Lewis (1775-1818), „Der Mönch" (1796), Kapitel 10.

und kalt;[19] oder vom Stammvater, der in schattenhafter Gestalt und mit Lippen ohne Atem über der Couch stand und die Stirnen seiner schlafenden Enkelkinder küsste, und sie auf diese Art zu ihrem vorbestimmten Tod verdammte;[20] und lassen Sie all diese Details begleiten von Einsamkeit, flatternden Vorhängen, heulendem Wind, einem langen und dunklen Gang, einer halboffenen Tür - oh, dann wahrlich, mag es eine andere Antwort geben, und viele werden sich eher dem Schlaf ergeben, bevor sie entscheiden, dass es solch eine Sache wie einen Geist in der Welt oder außerhalb der Welt gibt, wenn diese Phraseologie auch mehr spirituell ist. Was bedeutet dieses Gefühl?

Ich für meinen Teil sah nie einen Geist, ausgenommen einmal in einem Traum. Ich fürchtete ihn in meinem Schlaf; ich erwachte zitternd, und das Licht und die Ansprache von anderen konnten meine Furcht kaum vertreiben. Vor einigen Jahren verlor ich einen Freund und besuchte einige Monate danach das Haus, in dem ich ihn zuletzt gesehen

---

[19] Die Geschichte von der Statue erschien in „The Ring, a Tale" von Thomas Moore, enthalten in „The Poetical Works of the Late Thomas Little, Esq." (1801).

[20] Die Geschichte vom Stammvater beschreibt "Les Portraits de Famille", in : Fantasmagoriana, ou Recueil d'Histoires d'Apparitions de Spectres, Revenans, Fantôms, etc. (1812), übersetzt aus dem Deutschen von Jean Baptiste Benoît Eyriés. Neuere deutsche Ausgabe: „Die Bilder der Ahnen" in: *Gespensterbuch*, Frankfurt am Main und Leipzig 1992.

hatte. Es war verlassen und, obwohl inmitten einer Stadt gelegen, vermittelten seine gewaltigen Hallen und geräumigen Wohnungen denselben Eindruck von Einsamkeit, als ob es auf einer unbewohnten Heide gelegen wäre. Ich ging im Zwielicht durch die leeren Kammern und niemand außer mir erweckte die Echos ihrer Fußböden. Die weit entfernten Berge (von den oberen Fenstern aus sichtbar) hatten ihren Hauch von Sonnenuntergang verloren; die ruhige Atmosphäre wurde bleifarben, als die goldenen Sterne im Firmament erschienen; kein Wind kräuselte den geschrumpften Fluss, der faul durch die tiefste Rinne seines breiten und leeren Bettes kroch; das Läuten des Ave Maria hatte aufgehört, und die Glocke hing bewegungslos im offenen Glockenturm. In einer ruhenden Welt liegt Schönheit, und Ehrfurcht wird nur von Schönheit erweckt. Ich ging durch die mit Empfindungen des tiefsten Kummers gefüllten Zimmer. Er war dort gewesen; sein Lebensraum war von jenen Wänden umschlossen worden, sein Atem hatte sich mit dieser Luft vermischt, sein Schritt war auf jenen Steinen gewesen; ich dachte: die Erde ist ein Grab, der bunte Himmel ein Gewölbe, wir aber sind wandelnde Leichen. Der Wind, der im Osten zunahm, fuhr durch die offenen Flügel und schüttelte sie; mich deuchte, ich hörte, ich fühlte - ich weiß nicht was - aber ich zitterte. Wenn ich ihn gesehen hätte, nur für einen Moment, ich hätte gekniet, bis die Steine einen Eindruck davongetragen hätten; so sagte ich mir und so wusste ich es noch einen Moment später, aber danach zitterte ich, von Schrecken ergriffen und voller Furcht. Weswegen? Es gibt etwas jenseits von uns, das wir ignorieren. Die Sonne, welche die dunstige Luft anzieht, schafft eine Leere, und der Wind beeilt sich, sie zu füllen – ebenso gibt es jenseits der Kenntnis unserer Seele eine leere Stelle; und unsere Hoffnungen und Ängste besetzen mit sanften Winden oder schrecklichen Wirbelstürmen das Vakuum; und wenn es das nicht mehr tut, schenkt es dem fühlenden Herzen die Überzeugung, dass Einflüsse existieren, die uns beobachten und beschützen, obwohl sie für die gewöhnlichen Sinne nicht greifbar sind.

Ich habe gehört, dass, als Coleridge[21] gefragt wurde, ob er an Geister glaube, er antwortete, dass er zu viele gesehen hätte, um Vertrauen in ihre Realität zu haben; und die Person mit der lebhaftesten Phantasie, von der ich jemals wusste, wiederholte diese Antwort. Aber es waren keine wirklichen Geister (verzeiht, Ungläubige, meine Wortwahl), die sie sahen; es waren Schatten, unwirklich Phantome, die, während sie die eigenen Sinne entsetzen, sie im Verstand anderer keinen anderen Eindruck als den von Wahnvorstellungen erzeugen und so betrachtet werden, wie wir eine optische Täuschung betrachten, die wir mit unseren

---

[21] Samuel Taylor Coleridge (1772-1834), Dichter der englischen Romantik.

Augen als wahr ansehen und mit unseren Verstand als falsch erkennen. Ich spreche von anderen Gestalten. Die aus dem Grab zurückkehrende Braut, die Anspruch auf die Treue ihres Verlobten erhebt; der ermordete Mann, der das Herz seines Mörders schüttelt, damit er bereut; Geister, die die Vorhänge am Fuß Ihres Bettes anheben, wenn die Uhr Eins schlägt; all jene, die sich matt und grauenvoll vom Friedhof erheben und ihre alten Wohnsitze heimsuchen; die Gestalt, die, angesprochen, antwortet, und deren kalte unheimliche Berührung das Haar auf dem Kopf dazu bringt, aufrecht zu stehen; der wahre altmodische, vorhergesagte, huschende, gleitende Geist - wer hat so einen gesehen?

Ich habe zwei Personen gekannt, die am helllichten Tag zugegeben haben, dass sie an Geister glaubten, da sie einen gesehen hatten. Einer von diesen war ein Engländer und der andere ein Italiener. Der Erstere hatte einen Freund verloren, den er innig liebte. Dieser erschien für eine Weile jede Nacht, streichelte sanft seine Wange und brachte eine heitere Ruhe über seinen Verstand. Er fürchtete die Erscheinung nicht, obwohl er recht ergriffen war, wie sie jede Nacht in seine Kammer glitt, und,

Ponsi del letto in su la sponda manca.[22]

Diese Visitation ging für mehrere Wochen weiter, bis er durch einen Zufall seine Residenz änderte; dann sah er sie nicht mehr. Für so eine Geschichte kann man leicht eine Erklärung finden - aber mehrere Jahre sind seither vergangen, und er, ein Mann von starkem und männlichem Intellekt, sagt, dass „er einen Geist gesehen hatte".

Der Italiener war ein Edelmann und Soldat und hing in keiner Weise dem Aberglauben an. Er hatte von frühester Jugend an in Napoleons Armeen gedient, war in Russland gewesen, hatte gekämpft und geblutet, und war belohnt worden, und ohne zu zögern und mit tiefer Erleichterung gab er seine Geschichte wieder.

Dieser Chevalier, ein junger und (eine ziemlich wundersame Begebenheit) galanter Italiener, wurde in ein Duell mit einem Offizierskameraden verwickelt und verwundete ihn am Arm. Der Anlass des Duells war frivol gewesen; und betroffen über die Folgen bediente er seinen jugendlichen Widersacher während seiner sich daraus ergebenden Krankheit, so dass, als der Letztere sich erholte, sie feste und liebe Freunde wurden. Sie wurden zusammen in Mailand einquartiert, wo sich der Jüngling in die Frau eines Musikers verzweifelt

---

[22] „(sich) Am Bette niederlässt zu meiner Linken"; Francesco Petrarca (1304-1374), Verstreute Verse (1470), 359,3.

verliebte, die seine Leidenschaft verschmähte, so dass sie an seiner Stimmung und seiner Gesundheit nagte. Er zog sich von allen Vergnügungen zurück, mied all seine Offizierskameraden und sein einziger Trost war es, seine liebeskranken Klagen in das Ohr des Chevaliers fließen zu lassen, der vergeblich bestrebt war, in ihm auch Gleichgültigkeit gegenüber der lieblichen Verschmäherin hervorzurufen oder ihm Lehren von Stärke und Heldentum einzuprägen. Als eine letzte Möglichkeit drängte er ihn dazu, um Beurlaubung zu ersuchen, und entweder in einer Änderung des Schauplatzes oder in der Vergnügung der Jagd einer Ablenkung von seiner Leidenschaft zu suchen.

Einen Abend kam der Jüngling zum Chevalier, und sagte: „Nun, ich habe um Beurlaubung ersucht und habe sie ab morgen früh, borgt Ihr mir Eure Jagdflinte und Patronen, so werde ich für vierzehn Tage jagen gehen."

Der Chevalier gab ihm, wonach er fragte; unter dem Schrot befanden sich auch einige Kugeln.

„Ich werde diese auch nehmen", sagte der Jüngling, „um mich gegen den Angriff eines Wolfs zu sichern, denn ich habe vor, mich in den Wäldern zu vergraben."

Obwohl er erhalten hatte, weswegen er gekommen war, blieb der Jüngling noch. Er redete von der Grausamkeit seiner Dame, klagte, dass sie ihm nicht einmal eine hoffnungslose Aufwartung erlauben würde, sondern dass sie ihn erbarmungslos von ihrem Anblick verbannte, „so dass", sagte er, „ich keine Hoffnung habe, nur im Vergessen".

Schließlich stand er auf, um aufzubrechen. Er nahm die Hand des Chevaliers und sagte: „Ihr seht sie morgen, Ihr sprecht mit ihr und hört sie sprechen; sagt ihr, ich flehe Euch an, dass unser Gespräch heute Abend sie betraf und dass ihr Name das letzte war, was ich sagte."

„Ja, ja", rief der Chevalier, „ich sage alles, was Euch gefällt; aber Ihr dürft nicht mehr von ihr reden, Ihr müssen sie vergessen."

Der Jüngling umarmte seinen Freund mit Wärme, aber der letztere sah darin nicht mehr als den Ausdruck seiner Zuneigung, zusammen mit seiner Melancholie darüber, sich von seiner Herrin zurückzuziehen, deren Name, einmündend in einen zärtlichen Abschied, das letzte Geräusch war, das er von sich gab.

Als der Chevalier in dieser Nacht auf Wache war, hörte er den Knall einer Waffe. Er war zuerst besorgt und aufgeregt, dachte aber dann nicht mehr daran, und als er von der Wache abgelöst wurde, ging er zu Bett, obwohl er dort eine unruhige, schlaflose Nacht verbrachte. Früh am Morgen klopfte jemand an seine Tür. Es war ein Soldat, der sagte, dass er die Beurlaubung des jungen Offiziers erhalten habe und sie zu dessen Haus gebracht hatte; ein Diener hatte ihn eingelassen und er war die Stufen hinaufgegangen, aber die Zimmertür des Offiziers war verschlossen. Niemand antwortete, als er klopfte, aber etwas quoll unter der Tür hervor, das wie Blut aussah. Der Chevalier, aufgeregt und erschrocken über diese Eröffnung, eilte zum Haus seines Freundes, brach die Tür auf und fand ihn auf dem Boden ausgestreckt - er hatte sich das Gehirn weggeschossen und der Körper lag als kopfloser Rumpf da, kalt und steif.

Der Schock und der Kummer, die der Chevalier in Folge dieser Katastrophe erlitt, erzeugten ein Fieber, das einige Tage andauerte. Als es ihm wieder besser ging, erhielt er eine Beurlaubung und ging aufs Land, um zu versuchen, seinen Verstand abzulenken. Eines Abends im Mondlicht kehrte er von einem Spaziergang nach Hause zurück und ging durch eine Gasse mit einer Hecke auf beiden Seiten, so hoch, dass er nicht hinübersehen konnte. Die Nacht war mild; die Büsche schimmerten vor Leuchtkäfern heller als die Sterne, die der Mond mit seinem Silberlicht verschleiert hatte. Plötzlich hörte er ein Rascheln in der Nähe und die Gestalt seines Freundes trat aus der Hecke heraus und stand vor ihm, verstümmelt, wie er ihn nach seinem Tod gesehen hatte. Diese Gestalt sah er mehrmals, immer an derselben Stelle. Sie war bei Berührung nicht fühlbar, unbeweglich, außer in ihrem Voranschreiten, und zeigte keine Reaktion, wenn sie angesprochen wurde. Einmal nahm der Chevalier einen Freund zu der Stelle mit. Dasselbe Rascheln war zu hören, der gleiche Schatten trat hervor. Sein Begleiter floh vor Entsetzen, aber der Chevalier blieb stehen, vergeblich darum bemüht zu entdecken, was seinen Freund aus seinem ruhigen Grab rief und ob er irgendetwas tun könnte, um dem unruhigen Schatten Ruhe zu geben.

Das sind meine zwei Geschichten und ich zeichne sie umso bereitwilliger auf, da sie besonderen Menschen und Personen passierten, der eine berühmt für seinen Mut und der andere für seine Weisheit. Ich schließe meine „modernen Fälle", mit einer von M. G. Lewis[23] erzählten Geschichte, wahrscheinlich nicht so authentisch wie die anderen, aber vielleicht amüsanter. Ich gebe sie so weit wie möglich in seinen eigenen Worten wieder:

„Ein Gentleman, der zum Haus eines Freundes reiste, der am Saum eines ausgedehnten Waldes im Osten von Deutschland lebte, verirrte sich. Er lief für einige Zeit zwischen den Bäumen herum, als er in einigem Abstand ein Licht sah. Beim Näherkommen bemerkte er überrascht, dass es vom Inneren einer Klosterruine ausging. Bevor er am Tor klopfte, hielt er es für richtig, durch das Fenster zu schauen. Er sah eine Anzahl von Katzen um ein kleines Grab herumsitzen, von denen vier in diesem Moment einen Sarg mit einer Krone darauf herunterließen. Der Gentleman erschreckte sich vor diesem ungewöhnlichen Anblick und stellte sich vor, dass er an einem Schlupfwinkel von Unmenschen oder Hexen angekommen war. Er stieg

---

23 Siehe Bemerkung 17.

auf sein Pferd und ritt mit äußerster Überstürztheit davon. Er kam zu später Stunde im Haus seines Freundes an, der noch wach war und auf ihn wartete. Bei seiner Ankunft befragte ihn sein Freund bezüglich der Ursache für die in seinem Gesicht sichtbaren Spuren der Erregung. Er begann, seine Abenteuer nach langem Zaudern wiederzugeben, wohl wissend, dass es kaum möglich war, dass sein Freund seiner Erzählung Vertrauen schenken würde. Sobald er den Sarg mit der Krone darauf erwähnt hatte, sprang die Katze seines Freundes, die scheinbar vor dem Feuer schlafend gelegen hatte, auf und schrie: ‚Dann bin ich der König der Katzen.' Dann kletterte sie den Kamin hinauf und wurde nie mehr gesehen."

Roger Dodsworth

Der wiederbelebte Engländer

Man mag sich erinnern, dass am vierten Juli letzten Jahres[24] eine Notiz in den importierten Blättern erschien, dass ein Dr. Hotham aus Northumberland, der ein oder zwei Dutzend Jahre zuvor über den St.-Gotthard-Berg aus Italien zurückkam, unterhalb einer Lawine in der Nähe des Berges ein menschliches Wesen ausgegraben hatte, dessen Lebensfunke durch die Tätigkeit des Frosts

---

[24] Am 28. Juni 1826 wurde im *Journal du Commerce de Lyon* die Geschichte der Wiederbelebung des Roger Dodsworth abgedruckt; in der Zeit vom 4. bis 9. Juli 1826 veröffentlichten nicht weniger als sechs britische Zeitungen den übersetzten Bericht. In den folgenden vier Monaten beleuchteten verschiedene Zeitungen und Zeitschriften den Fall dieser tiefgefrorenen Zeitungsente. Näheres hierzu bei Charles E. Robinson, „Mary Shelley and the Roger Dodsworth Hoax". In: *Keats-Shelley-Journal* 24 (1975), S. 20-28.

angehalten worden war. Nach der Anwendung der üblichen Hilfsmittel war der Patient wiederbelebt worden und hatte sich als Mr. Dodsworth vorgestellt, Sohn des Antiquitätenhändlers Dodsworth, der während der Herrschaft von Charles I. umgekommen war. Er war zu der Zeit seiner Begrabung im Jahre 1654, als er aus Italien zurückkehrte, siebenunddreißig Jahre alt. Es wurde hinzugefügt, dass er, sobald er ausreichend wiederhergestellt sei, unter dem Schutz seines Retters nach England zurückkommen würde. Wir haben seither nichts mehr von ihm gehört und verschiedene Pläne der öffentlichen Wohlfahrt, die von menschenfreundlichen Hirnen nach Lesen dieser Ausführungen ersonnen wurden, sind bereits zu ihrem ursprünglichen Nichts zurückgekehrt. Die Gesellschaft der Alterthumsforscher hat ihre bereits abgegebenen Stimmen für Medaillen zurückgenommen und in Gedanken bereits angefangen zu überlegen, welche Preise sie sich leisten könne, um für Mr. Dodsworths alte Kleidung zu bieten, und zu vermuten, was für Schätze in der Art einer Flugschrift, eines alten Liedes oder eines handgeschriebenen Briefes seine Taschen enthalten könnten. Gedichte aus allen Ecken und von jeder Art, von elegisch über anerkennend und burlesk bis allegorisch, wurden beinahe geschrieben. Mr. Godwin hatte um solch authentischer Informationen willen die Niederschrift der Geschichte des Commonwealth verschoben, die er gerade angefangen hatte. Es ist schade, nicht nur dass die Welt bewahrt wurde vor diesen für sie bestimmten Geschenken der Talente unseres Landes, sondern auch, dass ihr ein neuer Gegenstand des romantischen Wunders und des wissenschaftlichen Interesses erst versprochen und dann wieder entzogen wurde. Eine Romanidee ist viel wert in der alltäglichen Routine des Lebens, aber eine neue Tatsache, etwas Erstaunliches, ein Wunder, ein so offensichtliches Abweichen vom Lauf der Dinge bis hin zu offensichtlichen Unmöglichkeiten, ist ein Umstand, dem die Phantasie mit Freude anhängen muss, und wir sagen wieder, dass es schade ist, sehr schade, dass dieser Mr. Dodsworth es ablehnt zu erscheinen, und dass die an seine Erweckung Glaubenden gezwungen werden, den Sarkasmus und die triumphierenden Argumente jener Skeptiker zu ertragen, die immer auf der sicheren Seite der Hecke bleiben.

Nun, wir glauben nicht, dass irgendein Widerspruch oder etwas Unmögliches mit den Abenteuern dieses jugendlichen Alten verbunden ist. Der Lebensfunke (ich glaube, die Physiologen stimmen mir zu) kann ebenso leicht für ein- oder zweihundert Jahre wie für einige Sekunden angehalten werden. Ein Körper, der durch den Frost hermetisch versiegelt wird, wird notwendigerweise in seiner ursprünglichen Gesamtheit konserviert. Demjenigen, welches vom Eingreifen äußerer Einflüssen völlig abgeschnitten ist, kann weder etwas hinzugefügt, noch etwas von ihm weggenommen werden; kein Zerfall kann stattfinden, denn Etwas kann nie Nichts werden; unter dem Einfluss dieses Zustandes des Seins, den wir Tod nennen, werden aus unserer Sicht die körperlichen *atoma* durch Veränderung, aber nicht durch Vernichtung entfernt; die Erde empfängt Nahrung von ihnen, die Luft wird versorgt durch sie, jedes Element tut das seine und betreibt so nachdrücklich die Rückzahlung dessen, was es dem Körper einst geliehen hatte. Aber die Elemente, die rings um Mr. Dodsworths eisiger Hülle schwebten, hatten keine Energie, das Hindernis zu überwinden, als das es sich darstellte. Kein Zephyr[25] konnte ein Haar von seinem Kopf erfassen, noch konnte der Einfluss taufeuchter Nacht oder milden Morgens in seine diamantenharte Rüstung eindringen. Die Geschichte der Sieben Schläfer[26] beruht auf einer wundersamen Zwischenstellung - sie hatten geschlafen. Mr. Dodsworth schlief nicht; seine Brust hob sich nie, sein Puls war angehalten; der Tod hatte seinen Finger auf seinen Lippen gepresst, die kein Atem passieren konnte. Er hat ihn jetzt entfernt, der grausame Schatten ist bezwungen worden und steht verwundert abseits. Sein Opfer hat den eisigen Bann

---

[25] Milder Westwind.

[26] Sieben fromme Männer aus Ephesos, die vor der Christenverfolgung des römischen Kaiser Decius (249-251) in eine Höhle flüchteten und dort fast 200 Jahre schliefen.

abgeschüttelt, und ist vollkommen als der Mensch auferstanden, als der er hundertfünfzig Jahre zuvor unter das Eis geraten war. Wir haben ungeduldig gewünscht, mit einigen Einzelheiten seiner ersten Gespräche versorgt zu werden, und in welcher Art er erlernt hat, sich dem neuen Schauplatz seines Lebens anzupassen. Aber da uns Tatsachen verweigert werden, erlauben Sie uns, dass wir uns Vermutungen hingeben. Was seine ersten Worte waren, kann nach den Ausdrücken vermutet werden, die von Leuten verwendet wurden, die kürzlich Unfällen von gleicher Natur ausgesetzt waren. Aber erst als seine Kräfte zurückkehrten, wurde es interessant. Seine Kleidung hatte bereits das Erstaunen Doktors Hothams erregt - der spitze Bart - die Liebeslocken - der Kragen, der, bis er aufgetaut war, unter dem vermischten Einfluss von Stärke und des Frostes steif stand; seine Kleidung war nach Art eines VanDyke-Portraits, oder (eine vertrautere Ähnlichkeit) wie Mr. Saplos Kostüm in Winters Oper „Das Labyrinth"[27], seine spitze Schuhe – alles sprach für andere Zeiten. Die Neugier seines Retters war aufs äußerste gereizt, die von Mr. Dodsworth mochte geweckt worden sein. Aber um in den Stand gesetzt zu werden, mit irgendeinem Grad von Wahrscheinlichkeit die Beschaffenheit seiner ersten Anfragen zu vermuten, müssen wir uns bemühen

---

[27] Peter von Winter (1754-1825), Oper „Das Labyrinth" (1798); Fortsetzung zu Mozarts Zauberflöte.

herauszufinden, was für eine Rolle er in seinem früheren Leben spielte. Er lebte in der interessantesten Periode der englischen Geschichte - er ging der Welt verloren, als Oliver Cromwell am Gipfel seines Ehrgeizes angekommen war und das Commonwealth von England in den Augen von ganz Europa so gefestigt schien, als würde es für immer bestehen. Charles I. war tot; Charles II. war ein Geächteter, ein Bettler, verloren sogar in der Hoffnung. Mr. Dodsworths Vater, der Antiquitätenhändler, bezog ein Gehalt von Lord Fairfax, dem republikanischen General, der ein großer Liebhaber von Antiquitäten war, und starb in dem Jahr, in dem sein Sohn in seinen langen, aber nicht unendlich langen Schlaf fiel; eine seltsame Übereinstimmung, denn es scheint, dass unser frostkonservierter Freund wegen seines Vaters Tod nach England zurückkehren wollte, vermutlich um seine Erbe zu beanspruchen - wie kurzlebig sind menschliche Absichten! Wo ist jetzt Mr. Dodsworths Patrimonium?[28] Wo seine Miterben, Testamentsvollstrecker und Mit-Vermächtnisnehmer? Seine langdauernde Abwesenheit, müssen wir annehmen, brachte den gegenwärtigen Eigentümern seinen Besitz - die Zeitrechnung der Welt ist um hundertsiebzig Jahre weiter, seit er sich von der geschäftlichen Bühne verabschiedet hat, viele Hände haben seine Felder

---

[28] väterliches Erbgut

bestellt und wurden dann zu Klumpen unter ihnen; es mag uns erlaubt sein, zu bezweifeln, dass ein einziger Partikel ihrer Oberfläche noch derselbe ist, wie zu der Zeit, als sie die seinen gewesen waren - der jungfräuliche Boden selbst würde den antiken Lehm seines Anspruchstellers zurückweisen.

Mr. Dodsworth, wenn wir dies vom Umstand seines Auslandsaufenthaltes her beurteilen können, war kein eifriger Anhänger des Commonwealth; doch dass er Italien als Ziel seiner Reise gewählt hatte, und seine geplante Rückkehr nach England nach dem Tod seines Vaters, machen es wahrscheinlich, dass er kein glühender Loyalist war. Er scheint einer jener Männer zu sein (oder gewesen zu sein) der Catos Rat nicht befolgte, wie im *Pharsalia*[29] notiert: eine Partei, wenn von keiner Partei zu sein eine solche Bezeichnung zulässt, was Dante uns äußerst zu verachten empfiehlt, und wobei man sich nicht selten zwischen zwei Stühle setzt, oder gar ein Sitz einer solchen, ist sehr sorgfältig zu vermeiden. Dennoch kann Mr. Dodsworth es schwerlich versäumt haben, über die letzten Nachrichten aus seinem Heimatland in einer so kritischen Periode besorgt zu sein; seine Abwesenheit konnte sein Eigentum in Gefahr gebracht haben; wir können uns folglich vorstellen, dass, nachdem seine Glieder die freundliche

---

[29] M. Annaeus Lucanus (39-65), „Pharsalia" (59/65); Epos über den römischen Bürgerkrieg, im Mittelpunkt Caesar, Pompeius und Cato.

Rückkehr des Kreislaufes gefühlt und nachdem er sich mit solchen Früchten der Erde erfrischt hatte, von denen er bei aller Analogie nie gehofft haben konnte zu essen, um davon zu leben, und nachdem ihm erklärt worden war, aus welcher Gefahr er gerettet worden war, und nachdem er ein enorm lang erscheinendes Gebet für Dr. Hotham gesprochen hatte - nach all dem können wir uns, wie gesagt, vorstellen, dass seine erste Frage sein würde:

„Sind kürzlich irgendwelche Nachrichten von England angekommen?"

„Ich habe gestern Briefe erhalten", könnte Dr. Hotham wohl geantwortet haben.

„Wirklich", ruft Mr. Dodsworth, „und bitte, Sir, ist irgendeine Änderung zum Besseren oder Schlechteren eingetreten in diesem armen unruhigen Land?"

Dr. Hotham vermutet einen Radikalen und antwortet kalt: „Warum, Sir, es würde schwierig sein zu sagen, worin seine Unruhe besteht. Die Leute sprechen über die hungernden Handwerker, die Bankrotte und den Fall der Aktiengesellschaften - aber dies sind Auswüchse, Auswüchse, die mit einem Zustand völliger Gesundheit verbunden sind. England war tatsächlich nie in einem wohlhabenderen Zustand."

Mr. Dodsworth ist jetzt mehr als verdächtig, ein Republikaner zu sein, und mit seiner von uns angenommenen gewohnten Vorsicht versteckt er für eine Weile seine loyale Gesinnung und fragt in

30

einem gemäßigten Ton: „Schauen unsere Gouverneure mit sorglosen Augen auf diese Symptome von Übergesundheit?"

„Unsere Gouverneure", antwortet sein Retter, „wenn Sie damit unser Ministerium meinen, sind sich ihrer zeitweiligen Verlegenheit nur zu bewusst" (wir bitten Doktor Hotham um Verzeihung, falls wir ihm Unrecht tun, wenn wir ihn zu einem hohen Tory machen; eine solche Eigenschaft gehört zu unserer rein vorgefassten Meinung über einen Doktor, und das ist die einzige Kenntnis, die wir von diesem Gentleman haben). „Es wäre zu wünschen, dass sie sich entschlossener zeigen würden - wie der König, Gott segne ihn!"

„Sir!" ruft Mr. Dodsworth aus.

Doktor Hotham fährt fort, ohne sich des übermäßigen Erstaunens seines Patienten bewusst zu sein: „Der König, Gott segne ihn, verzichtet auf unermessliche Summen aus seinem privaten Vermögen für die Entlastung seiner Untertanen, und gibt ein Beispiel für alle Aristokraten und Reichen in England."

„Der König!" stößt Mr. Dodsworth aus.

„Ja, Sir", erwidert nachdrücklich sein Retter, „der König, und ich bin glücklich das zu sagen, dass die Vorurteile, die das englische Volk so unglücklich und ungerechtfertigt hinsichtlich seiner Majestät besessen hat, nun mit wenigen," (sein Ton gewinnt an Schärfe) „und ich muss sagen, verachtenswerten Ausnahmen, ausgetauscht sind gegen treue Liebe

31

und solche Ehrfurcht, wie seine Talente, Tugenden und väterliche Obacht es verdienen."

„Lieber Sir, Sie erfreuen mich", antwortet Mr. Dodsworth, während seine loyale Gesinnung sich nun spät, aber plötzlich, von einer kleinen Knospe zu voller Blüte öffnet, „noch verstehe ich kaum; die Änderung ist so plötzlich; und der Mann - Charles Stuart, König Charles, ich mag ihn jetzt so nennen, seine Ermordung wird, ich vertraue darauf, verabscheut wie sie es verdient?"

Dr. Hotham legt seine Hand auf den Puls seines Patienten - er fürchtet das Auftreten eines Deliriums durch eine solche Abweichung vom Thema. Der Puls ist ruhig und Dr. Hotham fährt fort:

„Dieser unglückliche Märtyrer schaut vom Himmel herunter, ich vertraue darauf, beschwichtigt durch die Ehrfurcht, die seinem Namen gezollt wird und die Gebete, die seinem Gedächtnis gewidmet werden. Kein Gefühl, ich denke, dass ich wagen kann zu erklären, ist so allgemein in England wie das Mitleid und die Liebe, in denen das Gedächtnis dieses glücklosen Monarchen gehalten wird."

„Und sein Sohn, der jetzt herrscht?"

„Sir, Sie vergessen sicher, es gab keinen Sohn; das ist selbstverständlich unmöglich. Kein Nachkomme von ihm füllt den englischen Thron, jetzt angemessen besetzt durch das Haus Hannover. Das verachtenswerte Geschlecht der Stuarts, lange geächtet und umherziehend, ist jetzt erloschen und die letzten Tage des letzten Prätendenten auf die

32

Krone aus dieser Familie haben in den Augen der Welt das Urteil gerechtfertigt, das sie für immer aus dem Königreich ausstieß."

So muss die erste Lektion Mr. Dodsworths in der Politik gewesen sein. Bald, zum Erstaunen des Retters und des Geretteten, muss der wirkliche Umstand seines Falles aufgedeckt worden sein; während dieser Zeit könnte der merkwürdige und ungeheure Umstand seines langen Bewusstlosigkeit den Verstand des Mr. Dodsworth mit einem totalen Zusammenbruch bedroht haben. Als er den Sankt-Gotthard-Berg überquerte, hatte er lediglich einen Vater zu betrauern - nun ist jedes Menschenwesen, das er je gesehen hatte, „in Blei gehüllt",[30] ist Staub: jede Stimme, die er je gehört hatte, ist stumm. Sogar der Ton der englischen Zunge hat sich verändert, das hat ihm seine Erfahrung im Gespräch mit Dr. Hotham gezeigt. Reiche, Religionen, menschliche Rassen mögen entstanden oder verschwunden sein; sein eigenes Patrimonium (der Gedanke ist müßig, dennoch, wie kann er ohne ihn leben?), ist in den durstigen Schlund gesunken, der sich immer gierig aufsperrt, um die Vergangenheit zu verschlucken; sein Wissen, seine Fertigkeiten sind wahrscheinlich überholt. Ich muss den Beruf meines Vaters ergreifen und Antiquitätenhändler werden, denkt er bei sich mit einem bitteren Lächeln: Die vertrauten Gegenstände, Gedanken und Gewohnheiten meiner

---

[30] William Shakespeare, „Der verliebte Pilger", I., 396.

Kindheit sind jetzt Antiquitäten. Er fragt sich, wo die hundertsechzig Folioausgaben der Manuskripte, die sein Vater zusammengestellt hatte und die er als junger Mann mit frommer Ehrfurcht betrachtet hatte, jetzt sind. Wo - ach, wo ist sein Lieblingsspielkamerad, der Freund seiner späteren Jahre, seine ihm bestimmte und reizende Braut? Die lang eingefrorenen Tränen sind gelöst und fließen seine jungen alten Wangen hinunter.

Wir möchten nicht pathetisch sein; aber gewiss nicht mehr seit den Tagen der Patriarchen wurde der Tod einer vornehmen Dame so viele Jahre, nachdem er stattgefunden hatte, durch ihren Geliebten beklagt. Notwendigkeit, dieser Tyrann der Welt, versöhnt in einem gewissen Grad Mr. Dodsworth mit seinem Schicksal. Zunächst ist er überzeugt, dass die spätere Generation der Menschheit sich sehr verschlechtert hat gegenüber der seiner Zeitgenossen; doch er fängt an, seinen ersten Eindruck zu bezweifeln. Die Ideen, die vor seinem Unfall Besitz von seinem Gehirn genommen hatten und die dort für so viele Jahre eingefroren wurden, fangen an, aufzutauen und sich aufzulösen und machen anderen Platz. Er kleidet sich in der modernen Art und wendet nicht mehr viel dagegen ein, außer gegen das Halstuch und den Filzhut. Er bewundert die Beschaffenheit seiner Schuhe und Strümpfe und schaut mit Bewunderung auf eine kleine Genfer Uhr, die er häufig zu Rate zieht, als ob er nicht sicher sei, dass die Zeit in ihrer gewohnten Weise fortschreitet; als ob er auf ihrem Ziffernblatt-Okular einen Beweis dafür finden würde, dass er sein siebenunddreißigstes Lebensjahr gegen sein zweihundertstes und etwas mehr eingetauscht und das Jahr 1654 A.D. weit hinter sich gelassen und sich plötzlich als Beobachter der Wege der Menschheit in diesem erleuchteten 19. Jahrhundert wiedergefunden hat. Seine Neugier ist unersättlich; wenn er liest, können seine Augen seinen Verstand nicht schnell genug versorgen, und ab und zu stößt er auf irgendwelche unerklärliche Passagen, irgendeine Entdeckung oder Erkenntnis, die uns vertraut ist, aber ungeahnt in seinen Tagen, die ihn in Verwunderung und endlose Träumereien stößt. In der Tat, man kann annehmen, dass er einen großen Teil seiner Zeit in diesem Zustand verbringt. Er unterbricht sich selbst ab und zu mit einem Royalistenlied gegen den alten Noll[31] und die Rundköpfe, bricht plötzlich ab und schaut sich ängstlich um, um zu sehen, wer seine Zuhörer sind; beim Betrachten des modernen Aussehens seines Freundes, des Doktors, denkt er seufzend, dass es nicht mehr von Wichtigkeit für irgend jemanden ist, ob er einen kecken Kavalier-Kanon oder einen puritanischen Psalm singt.

Es wäre eine endlose Aufgabe, all die philosophischen Ideen darzulegen, zu denen Mr.

---

[31] „The Old Noll": Spitzname von Oliver Cromwell (1599-1658), ab 1653 Lordprotektor des britischen Commonwealth.

Dodsworths Erweckung natürlicherweise Anlass gibt. Wir sollten uns intensiv mit diesem Gentleman unterhalten und noch mehr den Fortschritt seines Verstandes und die Veränderung seiner Gedanken in seiner neuartigen Situation beobachten. Wenn er ein lebhafter Jüngling ist, der den Schein der Welt liebt und unbekümmert von den höheren menschlichen Bestrebungen ist, könnte er insgesamt fortfahren, den Schatten jeder Spur seines früheren Lebens abzulegen, und sich bemühen, sich sofort mit dem gegenwärtigen Strom der Menschlichkeit zu vermischen. Es würde unsere Neugierde befriedigen, die Fehler, die er macht, zu beobachten und die Mischung von Verhaltensweisen, die auf diese Art erzeugt würde. Er mag daran denken, am gesellschaftlichen Leben teilzunehmen, würde je nach Neigung Whig oder Tory werden, und erhielte einen Sitz in der einst von ihm so genannten Kapelle von St. Stephens.[32] Er mag sich mit dem Blättern in Werken nachdenklicher Philosophen zufrieden geben und genügend Nahrung für seinen Verstand finden, wenn er den Aufstieg des menschlichen Intellekts verfolgt und die Veränderungen, die die Veranlagungen, Begierden und Kräfte der Menschheit bewirkt haben. Wird er ein Fürsprecher für ihre Vervollkommnung oder für ihre Verschlechterung sein? Er muss die Künste unserer Handwerker bewundern, den Fortschritt der

---

[32] *St. Stephen's Chapel*, alter Name des Parlamentssitzes *Palace of Westminster*.

Wissenschaft, die Verbreitung von Wissen, und der frische Geist des Unternehmertums, der so charakteristisch für unsere Landsleute ist. Würde er irgendwelche Individuen finden, die mit den glorreichen Geistern seiner Tage zu vergleichen wären? Moderat in seinen Ansichten, wie er unserer Annahme nach ist, fällt er vermutlich sofort in den ausweichenden Ton des Verstandes, der jetzt so sehr *en vogue* ist. Er wird sich freuen, Ruhe in der Politik zu finden; er wird das Ministerium sehr bewundern, das so erfolgreich fast alle Parteien versöhnt hat – um dort Frieden zu finden, wo er Fehde verließ. Der gleiche Charakter, mit dem er zweihundert Jahren zuvor langweilte, beeinflusst ihn auch jetzt; er ist noch immer der gemäßigte, ruhige, unaufgeregte Mr. Dodsworth, der er im Jahre 1647 war.

Ungeachtet der Ausbildung und der Umstände kann das grobe Material eines Charakters durch den Verstand geleitet und geformt, aber nicht verändern werden; auch gibt es nicht Intellekt, vortreffliche Aspiration und energische Beständigkeit dort, wo Stumpfheit, schwankende Entschlossenheit und unterdrückte Begierden durch die Natur vorgegeben sind. Diesen Gedanken weiterspinnend, haben wir (um Mr. Dodsworth für eine Weile zu vergessen) häufig Vermutungen angestellt, wie sich einige Heroen des Altertums anstellen würden, wenn sie in diesen Zeiten wiedergeboren würden; und in der so geweckten Phantasie stellten wir uns weiter vor, dass einige von ihnen wiedergeboren waren; dass entsprechend der Theorie, die durch Virgil im sechsten Gesang seiner Aeneis erklärt wird, dass alle tausend Jahre die Toten zum Leben zurückkehren. Ihre Seelen würden über die gleichen Gefühle und Fähigkeiten wie zuvor verfügen, aber von Wissen entblößt in diese Welt gestoßen. Sie würden schnell dafür sorgen, dass ihr skelettierten Kräfte wieder in solchen Kleidung wie Stellung, Erziehung und Erfahrung gehüllt werden. Pythagoras, wird gesagt, erinnerte sich an viele Seelenwanderungen dieser Art, die ihm selbst passiert waren, obwohl er für einen Philosophen sehr wenig Gebrauch von seinen vorhergehenden Erinnerungen machte. Es würde sich als eine lehrreiche Schule für Könige und Staatsmänner, und überhaupt für alle Menschen erweisen. Wenn sie wieder gerufen werden, um ihre Rolle auf der Bühne der Welt zu spielen, könnten sie an sich daran erinnern, was sie gewesen sind. So könnten wir einen Blick in den Himmels und in die Hölle erhalten, und dabei, das Geheimnis unserer ehemaligen Identität in unserem eigenen Busen verbergend, entweder zusammenzucken oder frohlocken über die Schuld oder das Lob, das unserem ehemaligen Selbst geschenkt wurde. Während die Liebe zum Ruhm und zum posthumen Ansehen so natürlich für den Menschen ist wie sein Festhalten am Leben selbst, muss er, bei solch einem Stand der Dinge, in Furcht leben vor den historischen Aufzeichnungen seine Ehre oder seiner

Schande. Der milde Geist von Fox[33] könnte durch die Erinnerung beruhigt worden sein, dass er eine angemessene Rolle als Marcus Antonius gespielt hatte - die ehemaligen Erfahrungen von Alkibiades[34] oder sogar des entmannten Steeny[35] von James I. könnten Sheridans Ablehnung veranlasst haben, wieder den gleichen Weg des blendenden, aber flüchtigen Glanzes zu betreten. Die Seele unserer modernen Corinna[36] würde geläutert und erhöht werden durch das Bewusstsein, das sie einst der Form von Sappho[37] Leben gegeben hatte. Wenn in diesem Augenblick die Hexe namens Gedächtnis in der Laune wäre, die ganze jetzige Generation zu veranlassen, sich daran zu erinnern, dass sie einige zehn Jahrhunderte zuvor jemand anderes gewesen war; würden nicht einige unserer freidenkenden Märtyrer darüber verwundert sein, herauszufinden, dass sie als Christen unter Domitian gelitten hatten; würde dem Richter, während er ein Urteil fällt,

---

[33] Charles James Fox (1749-1806), britischer Politiker; erster großer Oppositionsführer im Unterhaus.

[34] Alkibiades (450 v.Chr.-404 v.Chr.), Athener Staatsmann und Feldherr.

[35] „Steeny": Kosename für George Villieurs, 1. Herzog von Buckingham (1592-1628), Liebhaber des englischen Königs James (Jakob) I. (1566-1625).

[36] Anne Louise Baronne de Germaine, genannt Madame de Staël (1766-1817), „Corinna oder Italien" (1807); Roman zur Verteidigung der Emanzipation der Frau.

[37] Sappho (um 600 v.Chr.), griechische Lyrikerin aus Mytilene auf Lesbos; scharte einen Kreis von Schülerinnen um sich.

plötzlich bewusst werden, dass er einst die Heiligen der frühen Kirche zur Folterung verurteilt hatte, weil sie nicht auf die Religion verzichten wollten, die er jetzt bewahrt - nichts als wohltätige Tätigkeiten und wirkliche Güte würden unvermischt aus dieser Tortur herauskommen. Während es wunderlich sein würde, wahrzunehmen, wie einige große Männer aus den Gemeindeverwaltungen in dem Bewusstsein herum-stolzieren, dass ihre Hände einmal ein Zepter gehalten hatten, würde ein ehrlicher Handwerker oder ein diebischer Diener finden, dass er sich wenig geändert hat durch die Wandlung in einen müßigen Adligen oder den Direktor einer Aktiengesellschaft. Wir können annehmen, dass in jeder Weise die Demütigen erhoben werden würden, und der Adlige und der Stolze würden ihren Sterne und Ehren zu Flitter und Kinderspielzeug schwinden fühlen, wenn sie sich die niedrigen Stellungen ins Gedächtnis rufen, die sie einmal besetzt hatten. Wenn philosophische Romane in Mode wären, könnte nach unserer Vorstellung ein ausgezeichneter geschrieben werden über die Entwicklung des gleichen Verstandes in verschiedenen Stellungen, in unter-schiedlichen Perioden der Geschichte der Welt.

Aber zurück zu Mr. Dodsworth, um ihm in der Tat mit wenigen Worten ein Lebewohl zu entbieten. Wir drängen ihn, sich nicht länger in Dunkelheit zu begraben; oder, wenn er bescheiden die

Öffentlichkeit meidet, bitten wir ihn, uns persönlich aufzusuchen. Wir haben tausend Anfragen an ihn, müssen Zweifel ausräumen und Tatsachen ermitteln. Wenn bei ihm irgendeine Furcht besteht, dass alte Gewohnheiten und Fremdheit des Aussehens ihn lächerlich machen für jene, die den Umgang mit modernen Auserlesenheiten gewöhnt sind, bitten wir, ihm zu versichern, dass wir niemanden der Lächerlichkeit preisgeben wegen der bloßen äußerlichen Erscheinung, und dass wertvolle und tatsächlich hervorragende Leistung immer unseren Respekt erhält.

Dies sagen wir, falls Mr. Dodsworth noch lebt. Denn möglicherweise ist er schon wieder nicht mehr unter uns. Möglicherweise öffnete er seine Augen nur, um sie um so hartnäckiger wieder zu schließen; möglicherweise konnte sein alter Lehm nicht auf den Ernten dieser letzten Tage gedeihen. Nach einem kleinen Wunder, nach einem kleinen Schauder, sich von den Toten auferstanden zu finden, konnte er keine Beziehung zwischen sich und dem gegenwärtigen Stand der Dinge finden – so hat er noch einmal der Sonne ein ewiges Lebewohl entboten. In seinem Grab, zu dem ihm sein Retter und die verwunderten Dorfbewohner folgten, mag er den wahren Todesschlaf schlafen in dem gleichen Tal, in dem er so lange ruhte. Doktor Hotham mag eine einfache Tafel über seinen zweimal begrabenen Überresten aufgerichtet haben, mit dieser Inschrift:

Zum Gedächtnis an R. Dodsworth,
einem Engländer,
geboren am 1. April 1617, gestorben am 16. Juli
1826,
im Alter von 209 Jahren.

Eine Inschrift, die, wenn sie die schrecklichen Krämpfe überdauert, in denen die Welt ihr Leben immer wieder von neuem beginnt, Anlass für viele gelehrte Abhandlungen und scharfsinnige Theorien wäre, hinsichtlich einer Rasse, die, wie authentische Aufzeichnungen zeigen, sich das Privileg des Erreichens eines so beträchtlich Alters gesichert hatte.

Der sterbliche Unsterbliche

16. Juli 1833 - das ist ein unvergesslicher Jahrestag für mich; an ihm beende ich mein dreihundertdreiund-zwanzigstes Lebensjahr!

Der Ewige Jude?[38] - Sicherlich nicht. Mehr als achtzehn Jahrhunderte sind über seinem Haupt verstrichen. In Vergleich zu ihm bin ich ein sehr junger Unsterblicher.

Bin ich dann wirklich unsterblich? Dies ist eine Frage, die ich mir bei Tag und Nacht sei nun dreihundertdrei Jahre gestellt habe, und doch kann ich sie nicht beantworten. Ich nahm an diesem besonderen Tag ein graues Haar inmitten meiner braunen Locken wahr - das bedeutet bestimmt Verfall. Doch es kann dort dreihundert Jahre verborgen geblieben sein - einige Personen sind

---

[38] Ahasver, der Ewige Jude, verdammt zu rastloser Wanderung bis zum Jüngsten Gericht, als Strafe für die Verhöhnung Jesu; häufiges Thema insbesondere der romantischen Literatur.

45

ganz weißköpfig geworden, bevor sie das Alter von zwanzig Jahren erreichten.

Ich werde meine Geschichte erzählen und mein Leser soll mich beurteilen. Ich werde meine Geschichte erzählen, und es so zuwege bringen, einige wenige Stunden einer langen Ewigkeit verstreichen zu lassen, die mir so ermüdend wird. Für immer! Kann es sein? Immer leben! Ich habe von Verzauberungen gehört, bei denen die Opfer in einen tiefen Schlaf eingetaucht wurden, um nach hundert Jahren so frisch wie vorher zu erwachen: Ich habe von den Sieben Schläfern gehört - auf diese Art unsterblich zu sein, wäre nicht so beschwerlich. Aber, oh! Das Gewicht nie endender Zeit - das ermüdende Verstreichen der nicht vollendeten Stunden! Wie glücklich war der sagenhafte Nourjahad![39] - Aber zurück zu meinem Vorhaben.

Die ganze Welt hat von Cornelius Agrippa[40] gehört. Sein Andenken ist so unsterblich, wie seine Künste mich gemacht haben. Die ganze Welt hat auch von seinem Studenten gehört, der während der

---

39 Francis Sheridan (1724-1766), „The History of Nourjahad" (1767 posthum veröffentlicht); Sultan Schemzeddin stellt seinen jungen Ersten Minister Nourjahad auf die Probe, indem er ihn glauben macht, er sei unsterblich und würde die Jahre verschlafen.

40 Heinrich Cornelius Agrippa von Nettesheim, eigentlich Heinrich Cornelis (1486-1535), deutscher Naturphilosoph und Okkultist; trug die okkulten Lehren der Antike und des Mittelalters zusammen, propagierte die Magie als höchstens Ziel menschlichen Geistes.

Abwesenheit seines Meisters unerwartet einen üblen Dämon erweckte und von ihm zerstört wurde. Der Bericht über diesen Unfall, wahr oder falsch, war mit vielen Unannehmlichkeiten für den berühmten Philosophen verbunden. Alle seine Studenten verließen ihn sofort - seine Diener verschwanden. Er hatte niemanden in der Nähe, um Kohlen auf seine ständig brennenden Feuer zu legen, während er schlief, oder die sich verändernden Farben seiner Arzneien zu beobachten, während er studierte. Experiment auf Experiment schlug fehl, weil ein Paar Hände zu unzulänglich war, sie zu beenden; die dunklen Geister lachten über ihn, da er nicht in der Lage war, einen einzigen Sterblichen in seinem Dienst zu halten.

Ich war damals sehr jung - sehr arm - und sehr verliebt. Ich war für ungefähr ein Jahr der Schüler von Cornelius gewesen, obwohl ich abwesend war, als dieser Unfall stattfand. Bei meiner Rückkehr baten mich meine Freunde, nicht zum Wohnsitz des Alchemisten zurückzukehren. Ich zitterte, als ich die schreckliche Geschichte hörte, die sie erzählten. Ich benötigte keine zweite Warnung; und als Cornelius kam und mir eine Börse voller Gold anbot, wenn ich unter seinem Dach bleiben würde, fühlte ich mich, als ob mich Satan selbst in Versuchung führte. Meine Zähne klapperten - meine Haare standen zu Berge - ich lief, so schnell wie meine zitternden Knie erlaubten, davon.

Meine unsicheren Schritte wurden dorthin gelenkt, wohin sie seit zwei Jahren jeden Abend geleitet wurden – zu einer sanft sprudelnden Quelle des reinsten Lebenswassers, neben der ein dunkelhaariges Mädchen verweilte, dessen strahlende Augen auf den Pfad gerichtet waren, den ich jede Nacht gewohnt war zu betreten. Ich kann mich an keine Stunde erinnern, zu der ich Bertha nicht liebte; wir waren Nachbarn und Spielkameraden gewesen von frühester Kindheit an – ihre Eltern, wie die meinen, lebten bescheiden, waren jedoch angesehen - unsere Zuneigung war ein Quell des Vergnügens für sie. In einer schlimmen Stunde raffte ein bösartiges Fieber sowohl ihren Vater als auch ihre Mutter hinweg, und Bertha wurde eine Waise. Sie hätte ein Heim unter meinem väterlichen Dach gefunden, aber die alte Dame vom nahen Schloss, reich, kinderlos und einsam, erklärte leider ihre Absicht, sie zu adoptieren. Fortan wurde Bertha in Seide gekleidet, bewohnte einen Marmorpalast und wurde als sehr vom Glück bevorzugt angesehen. Aber auch in ihrer neuen Stellung, in ihrem neuen Umfeld blieb Bertha dem Freund ihrer bescheidenen Tage treu; sie besuchte das Häuschen meines Vater oft, und als es ihr verboten wurde, dorthin zu gehen, streifte sie im benachbarten Wald umher und traf mich neben seinem schattigen Brunnen.

Sie erklärte oft, dass sie ihrer neuen Beschützerin gegenüber keiner Pflicht schuldig war, die in

Heiligkeit der gleichkam, die uns verband. Doch ich war immer noch zu arm, um zu heiraten, und sie wurde es müde, sich meinetwegen zu quälen. Sie hatte zwar keinen überheblichen, aber ungeduldigen Geist, und ihr Ärger über das Hindernis, das unsere Vereinigung verhinderte, wuchs. Wir trafen uns jetzt erstmals nach meiner Abwesenheit, und sie war arg bedrängt worden, während ich weg war; sie klagte bitterlich und warf mir fast vor, arm zu sein. Ich antwortete hastig:

„Ich bin redlich, wenn ich arm bin! Wäre ich es nicht, es könnte sein, dass ich bald reich wäre!"

Dieser Ausruf erzeugte tausend Fragen. Ich fürchtete, sie durch Besitz der Wahrheit zu entsetzen, aber sie zog sie aus mir heraus; und dann, einen Blick der Verachtung auf mich werfend, sagte sie:

„Du gibst vor, mich zu lieben, und fürchtest dich, dich dem Teufel um meinetwillen zu stellen!"

Ich protestierte, dass ich nur gefürchtet hatte, sie zu kränken - während sie beim Ausmaß der Belohnung verweilte, die ich erhalten würde. Auf diese Art ermutigt - beschämt von ihr - geführt von Liebe und Hoffnung, über meine früheren Ängste lachend, kehrte ich mit schnellen Schritten und leichtem Herzen zurück, um das Angebot des Alchemisten zu akzeptieren und wurde sofort in mein Amt eingeführt.

Ein Jahr verging. Ich kam in den Besitz einer nicht geringen Geldsumme. Die Gewohnheit hatte meine

Ängste verbannt; denn trotz peinlichster Wachsamkeit hatte ich nie die Spur eines gespaltenen Fußes wahrgenommen, noch war die lernbegierige Stille unseres Wohnsitzes jemals durch dämonisches Heulen gestört worden. Ich setzte immer noch meine verstohlenen Gespräche mit Bertha fort, und Hoffnung dämmerte in mir - Hoffnung, doch keine vollkommene Freude. Bertha fand, dass Liebe und Sicherheit Feinde seien, und ihr Vergnügen war es, diese in meinem Busen zu trennen. Obwohl von Herzen treu, war sie von einer etwas koketten Art; ich war eifersüchtig wie ein Türke. Sie beleidigte mich auf tausend Arten, doch sie gab sich selbst gegenüber nie zu, dass sie Unrecht hatte. Sie machte mich mit ihren Ärgernissen verrückt und zwang mich dann, sie um Verzeihung zu bitten. Sie fand manchmal, dass ich nicht ausreichend unterwürfig war, und dann brachte sie eine Geschichte über einen Rivalen, der von ihrer Beschützerin bevorzugt wurde. Sie war von seidengekleideten Jünglingen umgeben, den Reichen und Fröhlichen. Welche Chance hatte der traurig gekleidete Student des Cornelius, verglichen mit ihnen?

Bei einer Gelegenheit stellte der Philosoph so große Anforderungen an meine Zeit, dass ich außerstande war, sie zu treffen, wie ich es gewohnt war. Er war mit irgendeiner gewaltigen Arbeit beschäftigt, und ich war gezwungen zu bleiben, Tag und Nacht, seine Öfen zu füttern und seine chemischen Zubereitungen zu beobachten. Bertha wartete vergeblich auf mich am Brunnen. Ihr überheblicher Geist entzündete sich an dieser Vernachlässigung; und als ich mich endlich während einiger kurzer, mir für den Schlummer zugewiesener Minuten davonstahl, und hoffte von ihr getröstet zu werden, empfing sie mich mit Verachtung, entließ mich mit Verachtung und gelobte, dass lieber irgendein anderer Mann ihre Hand besitzen sollte, als ich, der um ihretwillen nicht an zwei Plätzen gleichzeitig sein konnte. Sie würde sich rächen! Und sie tat es wirklich. In meiner schmuddeligen Zuflucht hörte ich, dass sie auf der Jagd war, begleitet von Albert Hoffer. Albert Hoffer wurde von ihrer Beschützerin bevorzugt, und die drei passierten in einer Kavalkade meine verräucherten Fenster. Mich deuchte, dass sie meinen Namen erwähnten; ihm folgte ein höhnisches Lachen, als ihre dunklen Augen überheblich in Richtung meines Wohnsitzes blickten.

Eifersucht beherrschte mit all ihrem Gift und all ihrem Elend meine Brust. Jetzt floss mir ein Sturzbach von Tränen die Wangen hinab, wenn ich daran dachte, dass ich sie nie die meine nennen würde; und danach verfluchte ich mit tausend Flüchen ihre Unbeständigkeit. Dennoch, immer noch muss ich die Feuer des Alchemisten schüren, immer noch die Änderungen seiner unverständlichen Arzneien beobachten.

Cornelius hatte drei Tage und Nächte gewacht, schloss nie seine Augen. Der Fortschritt seiner Retorten war langsamer, als er erwartete. Trotz seiner Sorge beschwerte Schlaf seine Augenlider. Wieder und wieder warf er die Schläfrigkeit mit unmenschlicher Energie ab; wieder und wieder stahl sie seine Sinne. Er beäugte seine Schmelztiegel wehmütig.

„Noch nicht bereit", murmelte er, „vergeht eine weitere Nacht, bevor die Arbeit geschafft ist? Winzy, du bist wachsam - du bist treu – du hast geschlafen, mein Junge - du schliefst letzte Nacht. Sieh dir dieses Glasgefäß an. Die Flüssigkeit, die es enthält, ist von einer sanften Rosenfarbe. In dem Moment, wenn sie beginnt, ihren Farbton zu ändern, wecke mich - falls ich bis dahin meine Augen geschlossen haben sollte. Zuerst schlägt sie nach Weiß um und emittiert dann goldene Blitze; aber warte nicht bis dahin; wenn die Rosenfarbe verblasst, wecke mich."

Ich hörte die letzten Wörter kaum, die wie im Schlaf gemurmelt waren. Sogar jetzt gab er der Natur nicht ganz nach.

„Winzy, mein Junge", sagte er nochmals, „berühre nicht das Gefäß – setze es nicht an deine Lippen; es ist ein Zaubertrank - ein Zaubertrank, um Liebe zu heilen; du würdest aufhören, deine Bertha zu lieben – hüte dich, davon zu trinken!"

Und er schlief. Sein ehrwürdiger Kopf senkte sich auf seine Brust, und ich hörte kaum seine regelmäßigen Atemzüge. Für einige Minuten, als ich das Gefäß beobachtete, blieb der rosige Farbton der Flüssigkeit unverändert. Dann irrten meine Gedanken umher - sie besuchten den Brunnen und verweilten bei tausend reizenden Szenen, die sich nie wiederholen würden, nie! Schlangen und Vipern waren in meinem Herzen als das Wort „nie!" sich halb formte auf meinen Lippen. Falsches Mädchen! Falsch und grausam! Nie mehr würde sie mich anlächeln, wie sie diesen Abend Albert anlächelte. Wertlose, verabscheuungswürdige Frau! Ich würde nicht ungerächt bleiben - sie sollte sehen, wie Albert zu ihren Füßen erlischt - sie sollte unter meiner Vergeltung sterben. Sie hatte voller Verachtung und Triumph gelächelt - sie kannte meine Erbärmlichkeit und ihre Kraft. Doch welche Kraft hatte sie? Die Kraft, meinen Hass zu erregen - meine vollkommene Verachtung meine - oh, alles außer Gleichgültigkeit! Könnte ich dazu gelangen - könnte ich sie mit gleichgültigen Augen betrachten und meine zurückgewiesene Liebe auf eine andere, holdere und treuere, übertragen, das wäre wirklich ein Sieg!

Ein heller Blitz schoss vor meine Augen. Ich hatte die Arznei des Meister vergessen; ich starrte auf sie mit Verwunderung. Blitze von bewundernswerter Schönheit funkelten heller als jene, die der Diamant zurückwirft, wenn die Strahlen der Sonne auf ihn scheinen, von der Oberfläche der Flüssigkeit; und ein Geruch, sehr köstlich und lieblich, stahl sich in meine Sinne; das Gefäß schien eine Kugel lebender Strahlen, schön für das Auge und lud sehr dazu ein, es zu schmecken. Der erste Gedanke, instinktiv geweckt vom groben Sinn, war: ich werde - ich muss trinken. Ich erhob das Gefäß an meine Lippen.

„Es wird mich von der Liebe heilen - von der Folter!"

Schon hatte ich die Hälfte des köstlichsten Likör getrunken, der jemals den Gaumen eines Menschen berührte, als der Philosoph sich rührte. Ich erschrak - ich ließ das Glas fallen, die Flüssigkeit leuchtete auf und glitt den Boden entlang, während ich Cornelius' Griff an meiner Kehle fühlte, als er laut kreischte:

„Wicht! Du hast die Arbeit meines Leben zerstört!"

Der Philosoph war sich nicht bewusst, dass ich einen Teil seiner Arznei getrunken hatte. Sein Gedanke, dem ich meine stillschweigende Zustimmung gab, war, dass ich das Gefäß aus Neugier angehoben hatte, und dass ich es, erschrocken über seine Helligkeit und den Blitzen intensiven Lichts, das es von sich gab, hatte fallen lassen. Ich klärte ihn nie auf. Das Feuer der Arznei wurde gelöscht - der Duft legte sich - er wurde ruhig, wie ein Philosoph unter den schwersten Prüfungen sein sollte, und entließ mich, um zu ruhen.

Ich werde nicht versuchen, den Schlaf der Herrlichkeit und des Glücks während der übrigen

Stunden dieser unvergesslichen Nacht zu beschreiben, in dem meine Seele im Paradies badete. Worte wären zu schwach und zu seicht, um mein Vergnügen oder die Freude auszudrücken, die meinen Busen bewegte, als ich erwachte. Ich trat an die Luft - meine Gedanken waren im Himmel. Die Erde erschien als der Himmel und meine Erbschaft auf ihr sollte eine Entrückung der Freude sein.

„So ist es, von der Liebe geheilt zu sein", dachte ich. „Ich werde Bertha sehen an diesem Tag, und sie wird ihren Liebhaber kühl und gefühllos finden; zu glücklich, um verächtlich zu sein, doch zutiefst gleichgültig ihr gegenüber!"

Die Stunden schwanden dahin. Der Philosoph, der sicher war, dass er einmal Erfolg gehabt hatte und glaubte, dass er ihn wieder haben könnte, begann, dieselbe Arznei noch einmal auszubrüten. Er zog sich mit seinen Büchern und Drogen zurück, und ich hatte einen freien Tag. Ich zog mich sorgfältig an. Ich besah mich in einen alten, aber polierten Schild, der mir als Spiegel diente; mich deuchte, mein Aussehen hätte sich wundervoll verbessert. Ich eilte über die Grenzen der Stadt, Freude in meiner Seele, die Schönheit von Himmel und Erde um mich herum. Ich lenkte meine Schritte in Richtung des Schlosses. Ich konnte auf seine hochragenden Türmchen mit Helligkeit im Herzen schauen, denn ich war von der Liebe geheilt. Meine Bertha sah mich von weitem, als ich die Allee hinaufkam. Ich weiß nicht, welcher plötzliche Impuls ihren Busen belebte, aber bei meinem Anblick sprang sie mit einem leichten rehgleichen Sprung die Marmorstufen hinunter und eilte zu mir. Aber ich war auch von einer anderen Person wahrgenommen worden. Die alte hochgeborene Hexe, die sich ihre Beschützerin nannte und ihr Tyrann war, hatte mich gesehen. Sie humpelte und schnaufte die Terrasse hinauf. Einen Pagen, so hässlich wie sie selbst, der ihre Schleppe hochhielt und ihr Luft zufächelte, trieb sie zur Eile an, und mein holdes Mädchen hielt sie auf mit einem:

„Wie jetzt, meine kühne Herrin? Wohin so schnell? Zurück in Ihren Käfig – es sind Falken im Anflug!"

Bertha ergriff ihre Hände – doch ihre Augen waren immer noch auf meine sich nähernde Gestalt gerichtet. Ich sah den Wettstreit in ihren Augen. Wie verabscheute ich das alte Weib, das die freundlichen Impulse des weichen Herzens meiner Berthas überwachte. Bisher hatte die Achtung vor ihrem Rang mich veranlasst, die Dame vom Schloss zu meiden; jetzt verschmähte ich solch triviale Überlegungen. Ich war von der Liebe geheilt und über alle menschlichen Ängste erhaben. Ich hastete vorwärts und erreichte bald die Terrasse. Wie schön sah Bertha aus! Ihre Augen blitzten vor Feuer, ihre Wangen glühten vor Ungeduld und Ärger, sie war tausendmal anmutiger und reizender als jemals zuvor. Ich liebte nicht mehr - Oh nein! Ich betete sie an – verehrte - vergötterte sie!

Sie war an diesem Morgen mit mehr als der üblichen Vehemenz bedrängt worden, um in eine sofortige Ehe mit meinem Rivalen einzuwilligen. Ihr wurde die Ermutigung vorgeworfen, die sie ihm gezeigt hatte - ihr wurde damit gedroht, mit Schimpf und Schande zur Tür hinaus geworfen zu werden. Ihr stolzer Geist empörte sich gegen diese Drohung; aber, als sie sich an die Verachtung erinnerte, die sie auf mich gehäuft hatte, und wie sie vielleicht auf diese Art den einen verloren hatte, den sie jetzt für ihren einzigen Freund hielt, weinte sie vor Reue und Wut. In diesem Moment erschien ich.

„Oh, Winzy!" rief sie aus, „bring mich zur Kate deiner Mutter; lass mich schnell diesen verabscheuungswürdigen Luxus und die Erbärmlichkeit dieses stattlichen Wohnsitzes verlassen - bring mich zu Armut und Glück."

Ich schloss sie freudig in meine Arme. Die alte Dame war sprachlos vor Wut und brach erst in Beschimpfungen aus, als wir weit weg auf dem Weg zu meinem Geburtshäuschen waren. Meine Mutter empfing den holden Flüchtling, entkommen aus einem vergoldeten Käfig zu Natur und Freiheit, mit Zärtlichkeit und Freude. Mein Vater, der sie liebte, begrüßte sie herzlich; es war ein Tag des Jubels, der den Zusatz des himmlischen Tranks des Alchemisten nicht brauchte, um von Freude durchdrungen zu sein.

Bald nach diesem ereignisreichen Tag wurde ich Berthas Ehemann. Ich hörte auf, der Student des

Cornelius zu sein, aber ich blieb sein Freund. Ich fühlte mich ihm gegenüber immer dankbar dafür, dass er mir unbewusst diesen köstlichen Schluck von einem göttlichen Elixier beschafft hatte, welcher, statt mich von der Liebe zu heilen (traurige Heilung! Einsames und freudloses Mittel gegen ein Übel, das ein Segen für die Erinnerung zu sein scheint), mir Mut und Entschlossenheit eingeflößt hatte, so dass ich auf diese Weise für mich einen unschätzbaren Schatz in meiner Bertha gewinnen konnte.

Ich rief mir oft diese Periode einer tranceartigen Berauschtheit mit Verwunderung ins Gedächtnis. Das Getränk des Cornelius hatte nicht die Aufgabe erfüllt, für die, wie er bestätigte, es vorbereitet worden war, aber seine Wirkung waren stärker und seliger, als Worte ausdrücken können. Sie war um einige Grade verblasst, doch sie hielt lange an - und strich das Leben in Farbtönen der Pracht. Bertha wunderte sich oft über die Helligkeit in meinem Herzen und meine ungewohnte Heiterkeit; denn zuvor war ich nach meiner Veranlagung ziemlich ernst oder sogar traurig gewesen. Sie liebte mich umso mehr für meine fröhliche Laune, und unsere Tage wurden von Freude beflügelt.

Fünf Jahre danach wurde ich plötzlich an das Bett des sterbenden Cornelius gerufen. Er hatte nach mir in Eile gesandt und meine sofortige Anwesenheit beschworen. Ich fand ihn auf seiner Pritsche gestreckt, fast zu Tod geschwächt; all das Leben, das noch blieb, belebte seine stechenden Augen, und die waren auf einem Glasgefäß voll rosenroter Flüssigkeit gerichtet.

„Erblicke", sagte er mit einer zerbrochenen und nach innen gerichteten Stimme, „die Eitelkeit menschlicher Wünsche! Ein zweites Mal sind meine Hoffnungen im Begriff, gekrönt zu werden, ein zweites Mal sind sie zerstört. Sieh dir diesen Likör an - du kannst dich daran erinnern, dass ich denselben vor fünf Jahren mit demselben Erfolg vorbereitet hatte. Dann, wie jetzt, erwarteten meine dürstenden Lippen das unsterbliche Elixier zu schmecken – damals machtest du es mir zunichte! Und jetzt ist es zu spät."

Er sprach mit Schwierigkeiten und fiel auf sein Kissen zurück. Ich konnte nicht umhin zu sagen:

„Wie, verehrter Meister, kann ein Heilmittel für die Liebe Ihr Leben wiederherstellen?"

Ein schwaches Lächeln schimmerte über sein Gesicht, als ich angestrengt seiner kaum verständlichen Antwort zuhörte.

„Ein Heilmittel für die Liebe und für alle Dinge - das Elixier der Unsterblichkeit. Ach! Wenn ich es jetzt trinken könnte, würde ich für immer leben!"

Als er sprach, schimmerte ein goldener Blitz in der Flüssigkeit; ein wohlbekannter Duft stahl sich in die Luft. Er erhob sich, noch schwach, wie er war - wie durch ein Wunder schien die Kraft wieder in seine Gestalt zurückzukehren, er streckte seine Hand aus -

eine laute Explosion erschreckte mich - ein Feuerstrahl schoss aus dem Elixier in die Höhe, und das Glasgefäß, das es enthielt, wurde zu Atomen zersplittert! Ich richtete meine Augen auf den Philosophen; er war zurückgefallen - seine Augen waren gläsern, seine Gesichtszüge starr - er war tot!

Aber ich lebte und sollte immer leben! So sagte der unglückselige Alchemist, und für einige Tage ich glaubte seinen Worten. Ich erinnerte mich an die glorreiche Vergiftung, die meinem gestohlenen Schluck gefolgt war. Ich dachte über die Änderung nach, die ich an meiner Gestalt - in meiner Seele gefühlt hatte. Die springende Elastizität der einen - die schwungvolle Helligkeit der anderen. Ich begutachtete mich in einem Spiegel und konnte keine Änderung in meinen Gesichtzügen wahrnehmen trotz des Zeitraumes von fünf Jahren, die vergangen waren. Ich erinnerte mich an die strahlenden Farbtöne und den lieblichen Geruch dieses köstlichen Getränks - edel das Geschenk, das erwiesen hatte wozu es fähig war – denn ich war UNSTERBLICH!

Einige Tage danach lachte ich über meine Leichtgläubigkeit. Das alte Sprichwort, dass „ein Prophet am wenigsten in seinem eigenen Land gilt", bewahrheitete in Bezug auf mich und meinen verstorbenen Meister. Ich liebte ihn als Mann - ich respektierte ihn als Weisen, aber ich verhöhnte die Vorstellung, dass er den Kräften der Dunkelheit befehlen konnte und lachte über die abergläubischen

Ängste, mit denen er vom gemeinen Volk betrachtet wurde. Er war ein kluger Philosoph, hatte aber keine Kenntnis von Geistern gehabt, außer von jenen, die in Fleisch und Blut gekleidet waren. Seine Wissenschaft war rein menschlich; und menschliche Wissenschaft, so redete ich mir selbst ein, konnte die Gesetze der Natur nie soweit besiegen, um die Seele für immer in ihrer fleischlichen Behausung gefangen zu halten. Cornelius hatte ein seelenerfrischendes Getränk gebraut - berauschender als Wein - süßer und köstlicher als irgendeine Frucht. Es besaß wahrscheinlich starke medizinische Kräfte, enthielt Erleichterung für das Herz und Spannkraft für die Glieder; aber seine Wirkungen würden sich erschöpfen. Schon hatten sie sich an meiner Gestalt verringert. Ich war ein Glücksmensch, der Gesundheit und freudige Geister getrunken hatte, und vielleicht ein langes Leben aus den Händen meines Meisters; aber mein gutes Glück endete dort: Langlebigkeit war weit entfernt von Unsterblichkeit.

Ich fuhr fort, diesen Glauben für viele Jahre zu pflegen. Manchmal stahl sich ein Gedanke in meinen Verstand – hatte sich der Alchemist wirklich getäuscht? Aber mein gewohnter Glaube war, dass ich das Schicksal aller Kinder Adams zu gegebener Zeit teilen würde, etwas später zwar, aber noch in einem natürlichen Alter. Doch es war sicher, dass ich mir einen wunderbar jugendlichen Anblick bewahrte. Die Leute lachten über meine Eitelkeit, mit der ich so oft den Spiegel zu Rate zog, aber ich konsultierte ihn vergeblich - meine Braue war unzerfurcht - meine Wangen - meine Augen - meine ganze Person blieb so makellos, wie in meinem zwanzigsten Lebensjahr.

Ich wurde unruhig. Ich sah die verblassende Schönheit Berthas - ich erschien mehr wie ihr Sohn. Nach und nach begannen unsere Nachbarn ähnliche Beobachtungen zu machen und ich stellte schließlich fest, dass ich den Namen „der verhexte Student" bekommen hatte. Bertha selbst wurde es unangenehm. Sie wurde eifersüchtig und gereizt, und endlich begann sie, mich auszufragen. Wir hatten keine Kinder; wir waren alles für einander. Und, als sie älter wurde, ihr lebhafter Geist sich mit ein wenig schlechter Laune verband, und ihre Schönheit traurig abnahm, ehrte ich sie doch in meinem Herzen als die Herrin, die ich anbetete, die Ehefrau, die ich gesucht und in einer solchen perfekter Liebe gewonnen hatte.

Schließlich wurde unsere Situation unerträglich. Bertha war fünfzig – ich anscheinend immer noch zwanzig Jahre alt. Ich hatte, aus Scham, in gewissem Maße die Gewohnheiten des fortgeschrittenen Alters übernommen. Ich mischte mich nicht mehr beim Tanz unter die Jungen und Fröhlichen, aber mein Herz sprang mit ihnen herum, während ich meine Füße zurückhielt. Eine traurige Gestalt, die sich von den Nestoren unseres Dorfes scharf abhob. Aber vor der Zeit, die ich erwähnte, hatten sich die Dinge geändert - wir wurden allgemein gemieden; über uns - zumindest über mich – wurde berichtet, dass wir eine ungeheuerliche Bekanntschaft mit einigen der mutmaßlichen Freunden meines früheren Meisters aufrechterhalten hatten. Die arme Bertha wurde bemitleidet, aber verlassen. Ich wurde mit Entsetzen und Abscheu betrachtet.

Was sollte getan werden? Wir saßen an unserem Winterfeuer – die Armut wurde fühlbar, niemand würde die Erzeugnisse meines Bauernhofes kaufen. Ich war oft gezwungen gewesen zu reisen, zwanzig Meilen irgendwohin, wo ich nicht bekannt war, um unsere Erzeugnisse loszuwerden. Nun ja, wir hatten für einen bösen Tag etwas gespart - dieser Tag war gekommen.

Wir saßen in unserer einsamen Kaminecke - der altherzige Jüngling und seine gealterte Frau. Wieder bestand Bertha darauf, die Wahrheit zu erfahren; sie rekapitulierte alles, was sie jemals über mich sagen gehört hatte, und fügte ihre eigenen Beobachtungen hinzu. Sie beschwor mich, den Zauberspruch abzuwerfen; sie beschrieb, wie viel wohlgestalteter graue Haare wären als meine kastanienbraunen Locken; sie breitete sich über die verehrten und geachteten Verpflichtungen des Alters aus - was wäre dagegen der Vorzug einfältiger Aufmerksamkeit, bloß von Kindern geschenkt. Könnte ich mir vorstellen, dass die verabscheuungswürdigen Geschenke der Jugend und das gute Aussehen Schande, Hass und Verachtung überwogen? Nein, am Ende könnte ich als Händler in der schwarzen Kunst verbrannt werden, während es sein könnte, dass sie als meine Komplizin gesteinigt würde, wo ich mich nicht einmal dazu herabgelassen hatte, ihr einen Teil meines guten Glücks zu vermitteln. Schließlich deutete sie an, dass ich mein Geheimnis mit ihr teilen und ihr den gleichen Nutzen erweisen müsse, den ich selbst genoss, oder sie würde mich anprangern - und dann brach sie in Tränen aus.

Auf diese Weise heimgesucht deuchte mir, es wäre der beste Weg, die Wahrheit zu sagen. Ich enthüllte sie ihr so zärtlich wie ich konnte, und sprach nur von einem *sehr langen Leben*, nicht von Unsterblichkeit – da diese Vorstellung wirklich am besten mit meinen eigenen Gedanken zusammenfiel. Als ich geendet hatte, erhob ich mich und sagte:

„Und jetzt, meine Bertha, prangerst du den Liebenden deiner Jugend an? Du wirst es nicht, ich weiß. Aber es ist zu hart, mein arme Ehefrau, dass du wegen meines Unglücks und der verwünschten Künste von Cornelius leiden sollst. Ich verlasse dich - du hast genug Reichtum, und deine Freunde werden bei meiner Abwesenheit zurückkehren. Ich gehe; jung wie ich erscheine und stark wie ich bin, kann ich unter Fremden arbeiten und mein Brot verdienen, unverdächtig und unbekannt. Ich liebte dich in deiner Jugend; Gott ist mein Zeuge, dass ich

64

dich im Alter nicht verlassen würde, wenn es nicht deine Sicherheit und dein Glück erforderten."

Ich nahm meinen Mantel und bewegte mich zur Tür; einen Moment später waren Berthas Arme um meinen Hals geschlungen, und ihre Lippen pressten sich auf meine.

„Nein, mein Mann, mein Winzy", sagte sie, „du sollst nicht alleine gehen – nimm mich mit; wir gehen weg von diesem Ort, und, wie du sagst, unter Fremden werden wir unverdächtig und sicher sein. Ich bin nicht ganz so alt, um dir, meinem Winzy Schande zu machen; und ich behaupte, dass der Zauber bald nachlässt, und mit dem Segen Gottes wirst du so alt aussehen, wie es passend ist; verlass mich nicht."

Ich gab die Umarmung der guten Seele herzlich zurück.

„Ich werde es nicht, meine Bertha; aber um deinetwillen hatte ich nicht an solch eine Sache gedacht. Ich werde dein wahrer, treuer Ehemann sein, wenn du mir gegenüber nachsichtig bist, und meine Pflicht dir gegenüber tun bis zuletzt."

Am nächsten Tag bereiteten wir uns im Geheimen auf unsere Auswanderung vor. Wir waren gezwungen, große finanzielle Opfer zu bringen - es half nichts. Wir erzielten eine Summe, die ausreichend war, uns wenigstens zu erhalten, solange Bertha lebte; und ohne jemandem Adieu zu sagen, verließen wir unser Heimatland, um Zuflucht in einem entfernten Teil des westlichen Frankreichs zu finden.

Es war eine grausame Sache, die arme Bertha von ihrem Heimatdorf und den Freunden ihrer Jugend in ein neues Land, mit einer neue Sprache, mit neuen Sitten zu verpflanzen. Das seltsame Geheimnis meines Schicksals machte diesen Umzug für mich unerheblich; aber ich fühlte tief mit ihr, und war froh, zu sehen, dass sie einen Ausgleich für ihr Pech in einer Vielfalt von kleinen lächerlichen Umständen fand. Unbemerkt von allen schwatzhaften Chronisten versuchte sie, die scheinbare Ungleichheit unseres Alters mit tausend femininen Künsten - Rouge, jugendliche Kleider und vorgetäuschtes jugendliches Benehmen zu vermindern. Ich konnte nicht ärgerlich sein. Trug ich nicht selbst eine Maske? Warum streiten mit ihr, weil es weniger erfolgreich war? Ich trauerte tief, als ich mich daran erinnerte, dass dies meine Bertha war, die ich so herzlich geliebt hatte und mit solcher Freude gewann - das dunkeläugige, dunkelhaarige Mädchen, dass mich mit einem Lächeln neckisch verzaubern konnte und einen Schritt wie ein Rehkitz hatte - diese trippelnde, gezierte, eifersüchtige alte Frau. Ich hätte ihre grauen Locken und verdorrten Wangen verehren sollen; aber dies! Es war meine Schuld, dass wusste ich; aber ich beklagte diese Art menschlicher Schwäche nicht umso weniger.

Ihre Eifersucht schlief nie. Ihre Hauptbeschäftigung war, zu entdecken, dass ich trotz meiner äußeren Erscheinung alt wurde. Ich glaube wahrlich, dass mich die arme Seele wirklich in ihrem Herzen liebte, aber nie hat eine Frau sich so gequält, eine Art von Zuneigung zu zeigen. Sie wollte Falten in meinem Gesicht und Altersschwäche in meinem Gang wahrnehmen, während ich in jugendlicher Kraft, mit dem jüngsten Aussehen, zwischen zwanzig Jünglingen umhersprang. Ich forderte nie die Ansprache einer anderen Frau heraus. Bei einem Anlass, als sie sich einbildete, dass mich die Schönen des Dorfes mit wohlwollenden Augen betrachteten, brachte sie mir eine graue Perücke. Ihr konstanter Diskurs unter ihren Bekannten war, dass, obwohl ich so jung aussah, der Untergang an der Arbeit war innerhalb meiner Gestalt; und sie bestätigte, dass das schlechteste Symptom für mich meine scheinbare Gesundheit war. Meine Jugend war eine Krankheit, sagte sie, und ich sollte mich jederzeit darauf vorbereiten, wenn nicht auf einen plötzlichen und schrecklichen Tod, so wenigstens darauf, eines Morgens zu erwachen, weißköpfig und gebeugt mit allen Zeichen des fortgeschrittenen Alters. Ich ließ sie reden - ich stimmte ihre Vermutungen zu. Ihre Warnungen standen im Einklang mit meinen nie endenden Spekulationen über meinen Zustand, und ich hatte ein ernsthaftes, wenn auch schmerzhaftes Interesse daran, alles zu hören, was ihr schneller Witz und ihre aufgeregte Phantasie über das Thema sagen konnten.

Warum verweilen bei diesen kleinlichen Umständen? Wir lebten für viele lange Jahre weiter. Bertha wurde bettlägerig und gelähmt. Ich pflegte sie, wie eine Mutter ein Kind pflegen würde. Sie wurde gereizt, und ritt immer noch darauf herum, wie lange ich sie überleben würde. Es ist mir immer eine Quelle des Trosts gewesen, dass ich meine Pflicht ihr gegenüber gewissenhaft durchführte. Sie war die meine in der Jugend gewesen, sie war die meine im Alter; und, als ich endlich die Grassoden über ihrer Leiche häufte, weinte ich bei dem Gefühl, dass ich alles verloren hatte, was mich wirklich an die Menschheit band.

Und seither, wie groß sind meine Sorgen und mein Jammer gewesen, wie gering und leer meine Freuden! Ich mache hier eine Pause in meiner Geschichte - ich gehe ihr nicht weiter nach. Ein Seemann ohne Ruder oder Kompass, der auf einem heftigen Meer hin und her geworfen wird - ein Reisender, verloren auf einer weiten Heide ohne Meilenstein oder Markierung, um ihn zu leiten, so bin ich gewesen; verlorener, hoffnungsloser als andere. Ein sich näherndes Schiff, ein Schimmer von einer weit entfernten Kate kann sie retten; aber ich habe kein Leuchtfeuer außer der Hoffnung auf den Tod.

Tod! Mysteriöser, übelgesichtiger Freund der schwachen Menschheit! Warum, allein von allen Sterblichen, wirfst du mich aus deinem schützenden Mantel? Oh, was gäbe ich für den Frieden des

Grabes! Für die tiefe Stille der eisengebundenen Gruft! Würde dieser Gedanke nur aufhören, in meinem Gehirn zu arbeiten, und mein Herz nicht mehr mit Emotionen schlagen, variiert nur durch neue Formen von Traurigkeit!

Bin ich unsterblich? Ich kehre zu meiner ersten Frage zurück. Ist es nicht wahrscheinlicher, dass das Getränk des Alchemisten eher mit Langlebigkeit als mit dem ewigen Leben aufgeladen war? Das ist meine Hoffnung. Und dann sei daran erinnert, dass ich nur die Hälfte des von ihm vorbereiteten Trankes trank. War nicht das Ganze notwendig, den Zauber zu vollenden? Die Hälfte des Elixiers der Unsterblichkeit geleert zu haben, bedeutet aber, halb unsterblich zu sein – es bedeutet, mein „Für immer!" ist null und nichtig.

Aber, noch einmal, wer soll die Jahre der Hälfte der Ewigkeit zählen? Ich versuche oft, mir vorzustellen, nach welcher Regel die Unendlichkeit geteilt werden kann. Manchmal habe ich Lust, das Alter möge an mir weiter voranschreiten. *Ein* graues Haar habe ich gefunden. Narr! Klage ich? Ja, die Furcht vor Alter und dem Tod schleicht oft kalt in mein Herz; und, je länger ich lebe, desto mehr fürchte ich den Tod, sogar während ich das Leben verabscheue. Solch ein Rätsel ist der Mensch - geboren um umzukommen; auch wenn er Krieg führt, wie ich es tue, gegen die feststehenden Gesetze seiner Natur.

Aber abgesehen von dieser Besonderheit der Gefühle kann ich bestimmt sterben. Die Arznei des Alchemisten wird nicht gegen Feuer, Schwert und das erdrosselnde Wasser schützen. Ich habe in die blauen Tiefen von vielen beschaulichen Seen und in die tumultartigen Strömungen von vielen starken Flüssen gestarrt und habe mir gesagt, dass Frieden jene Wasser bewohnt; doch ich habe meine Schritte abgewandt, um noch einen weiteren Tag zu leben. Ich habe mich gefragt, ob Selbstmord ein Verbrechen für jemanden wäre, für den nur auf diese Art die Tore der anderen Welt geöffnet werden könnten. Ich habe alle getan, außer mich als Soldat oder Duellant zu zeigen, um ein Ziel der Zerstörung zu sein für meine - nein, nicht meine Mitsterblichen; und deshalb bin ich davor zurückgewichen. Sie sind nicht meine Freunde. Die unauslöschliche Kraft des Lebens in meiner Gestalt und ihrer flüchtige Existenz bringt uns so weit auseinander wie die Pole. Ich könnte keine Hand weder gegen die Gemeinsten noch gegen die Mächtigsten unter ihnen erheben.

Auf diese Weise habe ich viele Jahre allein und meiner überdrüssig weitergelebt, nach dem Tod verlangend, doch niemals sterbend - ein sterblicher Unsterblicher. Weder Ambition noch Habgier kann meinen Verstand bewegen, und die glühende Liebe, die sich durch mein Herz frisst, um nie erwidert zu werden, um nie eine Gleichgesinnte zu finden, der sie sich zuwenden kann, lebt nur dort, um mich zu quälen.

An diesem besonderen Tag dachte ich mir einen Plan aus, mit dem ich alles beenden kann, ohne mich selbst zu schlachten, ohne einen anderen Mann zu einem Kain zu machen; eine Expedition, die jemand mit der Konstitution eines Sterblichen nie überleben kann, nicht einmal mit der Jugend und Stärke, die mir innewohnt. Auf diese Art werde ich meine Unsterblichkeit testen und dort bleiben für immer - oder ich werde zurückkehren, als Wunder und Wohltäter der menschlichen Rasse.

Bevor ich gehe, hat eine erbärmliche Eitelkeit mich veranlasst, diese Seiten niederzuschreiben. Ich wollte nicht sterben und keinen Namen zurücklassen. Drei Jahrhunderte sind vergangen, da ich das fatale Getränk trank; ein weiteres Jahr soll nicht vergehen, bevor - auf gigantische Gefahren stoßend - bekriegend die Macht des Frostes in seiner Heimat - bedrängt durch Hungersnot, Plage und Sturm - ich diesen Körper, zu zäh als Käfig für eine Seele, die nach Freiheit dürstet, zu den zerstörerischen Elementen von Luft und Wasser bringe; oder, wenn ich überlebe, soll mein Name als einer der Berühmtesten unter den Söhnen der Menschheit aufgezeichnet werden; und, wenn ich meine Aufgabe erreiche, werde ich energischere Maßnahmen ergreifen und durch Verstreuen und Vernichten der Atome, die meinen Gestalt formen, das Leben in Freiheit zu setzen, das innen gefangen gehalten und so grausam daran gehindert wird, von dieser trüben Erde zu einer Sphäre aufzusteigen, die seiner unsterblichen Essenz angemessener ist.

Titel der englischen Originaltexte

On Ghosts
Erstveröffentlichung in: *London Magazine 9* (März 1824), S. 253-256.

Roger Dodsworth – The Reanimated Englishman
Geschrieben im Herbst 1826 für das *New Monthly Magazine*; Erstveröffentlichung in: Cyrus Redding, *Yesterday and To-day*, Vol. II, London 1863; S. 150-165.

The Mortal Immortal
Erstveröffentlichung in: *The Keepsake for 1834*, S. 71-87; London 1835.

Bereits als Übersetzung von
Ralf Fletemeier veröffentlicht:

Mary
Shelley

MATHILDA